Le Lion

FichesdeLecture.com

Le Lion
(Fiche de lecture)

I. INTRODUCTION

Le Lion est l'un des romans les plus célèbres écrits par Joseph Kessel. Paru chez Gallimards en 1958, il raconte, au travers d'un narrateur anonyme en voyage au Kenya, la vie particulière d'une réserve naturelle kenyane pendant la colonisation.

Une jeune fille, Patricia, dont le père est administrateur de la réserve, a noué avec un lion une relation quasiment fusionnelle. Mais les tensions montent au sein de la Réserve, en raison notamment de la présence de guerriers Masaïs.

Kessel aurait écrit ce roman après un séjour au Kenya. Son succès est tel qu'il a été adapté de nombreuses fois en œuvres audiovisuelles.

II. RÉSUMÉ DU ROMAN

Partie I

Chapitres 1 à 4

L'histoire se passe au cœur de la réserve royale naturelle d'Ambolesi, au Kenya, près du Kilimandjaro. Le narrateur marche à travers la nature dans un périmètre fermé aux touristes et y rencontre Patricia Bullit, une toute jeune fille dont le père gère le Parc. Patricia lui affirme être capable de parler avec les animaux. Les deux personnages deviennent peu à peu amis. Il rencontre rapidement Sybil, la mère de Patricia, et John, son père, qui dirige la réserve. Le narrateur est émerveillé par les paysages de la Réserve.

Patricia devrait-elle partir et quitter la savane durant sa scolarité ? Les parents se disputent à ce sujet. John Sybil sait que Patricia est profondément liée à la nature kenyane et à ses animaux, malgré les périls qu'une telle vie comporte. Il a discrètement fait suivre Patricia par un ranger, Kihoro.

John s'inquiète, car des Masaï sont entrés dans la réserve. Le narrateur lui apprend qu'il va bientôt partir : dommage pour l'administrateur, qui apprécie cet hôte plus raffiné que la moyenne de ses visiteurs. Ils discutent beaucoup ensemble.

Chapitres 10 à 14

Les hommes sont toujours dans le camp indigène. Bogo, chauffeur du narrateur, lui raconte les histoires qui circulent autour de Patricia. Les indigènes disent d'elle qu'elle serait fille du lion...

Le même soir, il surprend deux Masaï dans la nature. Il est immédiatement intrigué par Oriunga, un jeune guerrier (« marane »). Il se rend ensuite chez les Bullit, où il est invité. Malgré l'accueil de Sybil, la tension est palpable. En effet, leur fille n'est toujours pas rentrée. Soudain elle surgit et leur explique qu'elle attendait le lion King, qu'elle considère comme son ami, ce qui met sa mère hors d'elle.

Le narrateur doute de la conduite à tenir (il aimerait voir ce fameux lion) et il décide de rester un peu plus longtemps.

Partie II

Chapitres 1 à 4

Le jour suivant, Patricia vient lui rendre visite. Elle l'emmène voir King, accompagnés de Bogo et Kihoro. Ce qui se déroule sous ses yeux est fascinant : Patricia se love et joue contre le corps du lion avec aisance ; elle manœuvre pour que le narrateur approche King. La jeune fille lui raconte comment elle a fini par devenir comme un membre de sa famille, depuis qu'il est petit.

De retour, il recroise des Masaï, parmi lesquels il reconnaît Oriounga. Une fois de plus, celui-ci le provoque en refusant de lui céder le passage et de le saluer, comme la première fois. Le même soir, chez les Bullit, il découvre un peu plus l'histoire passée de la famille, mais aussi des photos du lionceau. Patricia le convoque à l'aube pour observer les Masaï.

Chapitres 5 à 11

Tous les deux partent donc le lendemain matin pour épier les Masaï. Ils ont des rites particuliers, en particulier pour les jeunes guerriers moranes. Mais les Masaï posent encore problème à John, car ils auraient volé une autre tribu, les Wakamba.

Après que John ait joué avec King, deux lionnes défient le lion, car elles ne supportent pas son lien à Patricia. Mais King reste fidèle à sa jeune maîtresse. Caché non loin de là, Oriounga a tout vu. Le narrateur est toujours fasciné par le jeune Masaï, mais il est tracassé, car il sent que quelque chose va arriver. Et justement, Oriounga vient demander la main de Patricia ; toutefois, la fillette veut demander son avis à King. Le lion réagit négativement face à son ennemi ; offusqué, Oriounga part en le menaçant de revenir avec « sa lance », d'autant que le rite Masaï de passage à l'âge adulte implique de tuer un lion.

Sybil demande au narrateur de l'aider à faire partir Patricia de la Réserve. Elle pense que sa fille est en danger.

Chapitres 12 à 15

Le chef des Masaï est mort. La tribu invite la famille Bullit, le narrateur et des rangers à les rejoindre pour la cérémonie. Les danses et chants se succèdent quand soudain, Oriounga fait sa demande en mariage. John essaie d'apaiser la situation, tandis que sa femme quitte le camp.

Le jour suivant, Oriounga vient combattre King et le blesse de sa lance. Le lion lui saute dessus, d'autant que Patricia, sous le choc, a lâché prise et ne le retient plus. Kihoro et John sont dans une jeep, témoins de la scène. John tue le lion d'un coup de fusil.

La mort du lion est un tel bouleversement que le même soir, le narrateur part pour Nairobi avec Patricia et Bogo. La fillette part en pension : c'est elle-même qui l'a réclamé. Après un instant d'hésitation près de la dépouille de son lion, elle décide de partir quand même et se met à pleurer dans les bras du narrateur.

III. PRÉSENTATION DES PERSONNAGES

Patricia

Patricia est l'héroïne du roman. En effet, elle établit le lien nécessaire à l'histoire entre le monde civilisé des humains et celui de la nature sauvage kenyane et de ses animaux, en partie le lion King. De manière stupéfiante, elle a élevé cet animal de telle sorte qu'elle est devenue comme son amie et sa mère. Cela lui donne un rang à part, qui suscite la peur (chez sa mère), la fascination (le narrateur), un côté légendaire (les indigènes) ou la jalousie (les autres lionnes).

Patricia a 10 ans environ ; elle passe ses journées dans la savane avec les animaux, dans des zones interdites aux touristes. Son éducation passe par sa mère Sybil. Quant à son père, moins inquiet, il la fait tout de même suivre par Kihoro, un ranger.

Non seulement elle parle aux animaux, mais elle s'est en plus très vite familiarisée avec la base des langues indigènes. Elle a acquis une maturité malgré son très jeune âge, ce qui explique peut-être aussi qu'elle soit demandée en mariage par un morane, en plus de ses dons.

Son départ final marque à la fois la fin de l'enfance et le départ d'un paradis perdu avec la mort du Lion, symbole de l'équilibre trouvé entre vie sauvage et civilisation.

Le narrateur

Écrivain voyageur d'après ce qu'il dit de lui-même, il est cependant difficile de définir ce qu'il fait exactement au Kenya, ou dans la vie en général. En tout cas, il voyage avec de nombreux livres et prend plaisir à marcher, observer la nature et les gens, en rendre compte. Mais nous n'en savons pas plus sur les détails personnels qui le concernent (physique, nom, etc.), hormis le fait qu'il vienne de Paris.

C'est par l'intermédiaire de Patricia qu'il rencontre la famille Bullit, avec qui il se lie rapidement, pour des raisons diverses. Les membres de la famille l'apprécient chacun à leur manière et pour différents motifs.

Ce personnage évolue tout au long du roman. De simple voyageur observateur, il prend de plus en plus part à la vie de la savane, de la réserve et de la famille. Il suit Patricia, mais aussi John et Bogo. Plus le temps passe, plus il se transforme et s'ouvre à la nature qui l'entoure, aux gens qu'il observe. De Parisien un peu maniaque, il passe à un homme fasciné par ce Kenya qu'il voit, comme Patricia, comme un petit paradis sur Terre.

John Bullit

Le père de Patricia est l'administrateur de la réserve naturelle. Né en Europe, il est ensuite devenu un chasseur braconnier en Afrique, avec de nombreux exploits dans ce domaine. Son nom « bullit » rappelle « bullet », la balle de fusil, mais aussi « bull », le taureau, qui souligne bien sa grande force physique et sa carrure.

La sensibilité de sa fille l'a transformé. Il est passé de braconnier à protecteur et essaie de préserver au mieux l'équilibre de la réserve.

Sybil Bullit

Femme de John et mère de Patricia, Sybil est très différente d'eux dans son rapport à la réserve. Elle n'est plus du tout fascinée par le monde dans lequel ils vivent. Elle essaie de rester couper au maximum du camp indigène et de la nature sauvage. Elle a d'ailleurs gardé ses réflexes d'Anglaise bourgeoise, tout au moins les rituels qui y correspondent : l'heure du thé, son jardin anglais…

Âgée d'une trentaine d'années, Sybil ne sait trop ce qu'elle doit décider pour Patricia : la laisser libre et heureuse dans la nature, ou l'envoyer en Europe pour son éducation ? Malgré son apparence dissimulée et souvent paniquée, le narrateur ressent après quelque temps l'intelligence qu'elle possède.

King

Le lion élevé par Patricia devient son ami. Il permet aussi à John et au narrateur de jouer avec lui. Mais il prend une telle importance qu'il devient presque un personnage à part entière, notamment pour le Masaï Oriounga qui le voit comme un ennemi à abattre pour obtenir Patricia.

Oriounga et les Masaï

L'arrivée de ces guerriers nomades dans la réserve inquiète John, car ils doivent s'adapter aux règles de la réserve. Dès la première fois où il les voit, le narrateur est fasciné par la liberté de ces hommes, en particulier de l'un d'entre eux, Oriounga, qui se défie pourtant de lui. C'est un « morane », un guerrier de la tribu qui bénéficie de privilèges.

Oriounga va briser plusieurs règles : il va mentir, mais aussi s'affranchir des équilibres en demandant Patricia en mariage, puis en provoquant indirectement la mort du lion, mettant fin à l'ère de paradis qui régnait jusque-là.

Bogo et Kihoro

Ce sont des rangers, c'est-à-dire des Noirs employés par les colons pour travailler dans la Réserve. Bogo est le chauffeur du narrateur ; Kihoro quant à lui est le favori de John, qui lui confie d'ailleurs la surveillance de sa fille.

IV. AXES DE LECTURE DU ROMAN

Deux univers opposés

Le regard du narrateur nous permet de comprendre à quel point Kessel a mis en place deux mondes aux valeurs différentes :

- l'Europe qui paraît si loin, semblable à une prison. Sybil incarne les valeurs de l'Europe bourgeoise. C'est notamment pour cela qu'elle est si heureuse de rencontrer et de fréquenter le narrateur. Elle-même garde le lien au travers de sa correspondance avec Lise Darbois. Malgré leur attachement à la réserve, John, le narrateur et Patricia font partie de la partie « civilisatrice » de cette opposition. Ils sont accompagnés par les Rangers.
- La nature et la réserve apparaissent comme un paradis au sein duquel évoluent des hommes libres, comme les Masaï. Les animaux, dont le lion, vivent dans un environnement riche, sauvage, magnifique, au pied du Kilimandjaro. Cela contraste avec l'idée européenne qui est véhiculée.

Cela provoque, au sujet de l'éducation de Patricia, un véritable déchirement pour ses parents : doivent-ils l'arracher à cet Éden, malgré les dangers de la vie sauvage ?

Le narrateur penche de plus en plus vers les attraits de la nature sauvage. King le fascine véritablement, tout comme le Masaï Oriounga. Son verdict est très dur : l'Occident n'est qu'une « prison de bonne société ».

Mais au final, après le choc final, Patricia et lui partent pour Nairobi. C'est la fin d'une ère.

L'époque colonialiste

Malgré leur rapprochement géographique et les liens au travers de personnages comme Patricia ou le narrateur, des perspectives racistes et de hiérarchie entre les peuples sont plus que perceptibles dans le contexte de l'histoire. Rappelons d'ailleurs que l'ouvrage est sorti durant la période de décolonisation, en 1958.

Cela se décline à des degrés différents selon les personnages. Sybil est la plus méprisante vis-à-vis des indigènes, tandis que John connaît mieux leurs coutumes et « se contente » de se méfier de leurs réactions. Mais il évolue, car c'est King qui meurt à la fin, et non l'homme noir. Quant aux différents peuples, ils ont leurs propres ennemis et considérations racistes entre eux

Patricia est le modèle d'acceptation et d'intégration dans le roman, tant sur le plan humain que sur la réunification des deux univers.

Dans la même collection en numérique

Les Misérables
Le messager d'Athènes
Candide
L'Etranger
Rhinocéros
Antigone
Le père Goriot
La Peste
Balzac et la petite tailleuse chinoise
Le Roi Arthur
L'Avare
Pierre et Jean
L'Homme qui a séduit le soleil
Alcools
L'Affaire Caïus
La gloire de mon père
L'Ordinatueur
Le médecin malgré lui
La rivière à l'envers - Tomek
Le Journal d'Anne Frank
Le monde perdu
Le royaume de Kensuké
Un Sac De Billes
Baby-sitter blues
Le fantôme de maître Guillemin
Trois contes
Kamo, l'agence Babel
Le Garçon en pyjama rayé
Les Contemplations

Escadrille 80

Inconnu à cette adresse

La controverse de Valladolid

Les Vilains petits canards

Une partie de campagne

Cahier d'un retour au pays natal

Dora Bruder

L'Enfant et la rivière

Moderato Cantabile

Alice au pays des merveilles

Le faucon déniché

Une vie

Chronique des Indiens Guayaki

Je voudrais que quelqu'un m'attende quelque part

La nuit de Valognes

Œdipe

Disparition Programmée

Education européenne

L'auberge rouge

L'Illiade

Le voyage de Monsieur Perrichon

Lucrèce Borgia

Paul et Virginie

Ursule Mirouët

Discours sur les fondements de l'inégalité

L'adversaire

La petite Fadette

La prochaine fois

Le blé en herbe

Le Mystère de la Chambre Jaune

Les Hauts des Hurlevent

Les perses

Mondo et autres histoires

Vingt mille lieues sous les mers

99 francs

Arria Marcella

Chante Luna

Emile, ou de l'éducation
Histoires extraordinaires
L'homme invisible
La bibliothécaire
La cicatrice
La croix des pauvres
La fille du capitaine
Le Crime de l'Orient-Express
Le Faucon malté
Le hussard sur le toit
Le Livre dont vous êtes la victime
Les cinq écus de Bretagne
No pasarán, le jeu
Quand j'avais cinq ans je m'ai tué
Si tu veux être mon amie
Tristan et Iseult
Une bouteille dans la mer de Gaza
Cent ans de solitude
Contes à l'envers
Contes et nouvelles en vers
Dalva
Jean de Florette
L'homme qui voulait être heureux
L'île mystérieuse
La Dame aux camélias
La petite sirène
La planète des singes
La Religieuse
1984 A l'Ouest rien de nouveau
Aliocha
Andromaque
Au bonheur des dames
Bel ami
Bérénice
Caligula
Cannibale
Carmen

Chronique d'une mort annoncée
Contes des frères Grimm
Cyrano de Bergerac
Des souris et des hommes
Deux ans de vacances
Dom Juan
Electre
En attendant Godot
Enfance
Eugénie Grandet
Fahrenheit 451
Fin de partie
Frankenstein
Gargantua
Germinal
Hamlet
Horace
Huis Clos
Jacques le fataliste
Jane Eyre
Knock
L'homme qui rit
La Bête humaine
La Cantatrice Chauve
La chartreuse de Parme
La cousine Bette
La Curée
La Farce de Maitre Pathelin
La ferme des animaux
La guerre de Troie n'aura pas lieu
La leçon
La Machine Infernale
La métamorphose
La mort du roi Tsongor
La nuit des temps
La nuit du renard
La Parure

La peau de chagrin

La Petite Fille de Monsieur Linh

La Photo qui tue

La Plage d'Ostende

La princesse de Clèves

La promesse de l'aube

La Vénus d'Ille

La vie devant soi

L'alchimiste

L'Amant

L'Ami retrouvé

L'appel de la forêt

L'assassin habite au 21

L'assommoir

L'attentat

L'attrape-coeurs

Le Bal

Le Barbier de Séville

Le Bourgeois Gentilhomme

Le Capitaine Fracasse

Le chat noir

Le chien des Baskerville

Le Cid

Le Colonel Chabert

Le Comte de Monte-Cristo

Le dernier jour d'un condamné

Le diable au corps

Le Grand Meaulnes

Le Grand Troupeau

Le Horla

Le jeu de l'amour et du hasard

Le Joueur d'échecs

Le Lion

Le liseur

Le malade imaginaire

Le Mariage de Figaro

Le meilleur des mondes

Le Monde comme il va

Le Parfum

Le Passeur

Le Petit Prince

Le pianiste

Le Prince

Le Roman de la momie

Le Roman de Renart

Le Rouge et le Noir

Le Soleil des Scortas

Le Tartuffe

Le vieux qui lisait des romans d'amour

L'Ecole des Femmes

L'Ecume Des Jours

Les Bonnes

Les Caprices de Marianne

Les cerfs-volants de Kaboul

Les contes de la Bécasse

Les dix petits nègres

Les femmes savantes

Les fourberies de Scapin

Les Justes

Les Lettres Persanes

Les liaisons dangereuses

Les Métamorphoses

Les Mouches

Les Trois mousquetaires

L'étrange cas du Dr Jekyll et de Mr Hyde

L'Ile Au Trésor

L'île des esclaves

L'illusion comique

L'Ingénu

L'Odyssée

L'Ombre du vent

Lorenzaccio

Madame Bovary

Manon Lescaut

Micromégas

Mon ami Frédéric

Mon bel oranger

Nana

Ne tirez pas sur l'oiseau moqueur

Notre-Dame de Paris

Oliver twist

On ne badine pas avec l'amour

Oscar et la dame rose

Pantagruel

Le Misanthrope

Perceval ou le conte du Graal

Phèdre

Ravage

Roméo et Juliette

Ruy Blas

Sa Majesté des Mouches

Si c'est un homme

Stupeur et tremblements

Supplément au voyage de Bougainville

Tanguy

Thérèse Desqueyroux

Thérèse Raquin

Ubu Roi

Un Barrage contre le Pacifique

Un long dimanche de fiançailles

Un secret

Vendredi ou la vie sauvage

Vipère au poing

Voyage au bout de la nuit

Voyage au centre de la terre

Yvain ou le Chevalier au lion

Zadig

À propos de la collection

La série FichesdeLecture.com offre des contenus éducatifs aux étudiants et aux professeurs tels que : des résumés, des analyses littéraires, des questionnaires et des commentaires sur la littérature moderne et classique. Nos documents sont prévus comme des compléments à la lecture des oeuvres originales et aide les étudiants à comprendre la littérature.

Fondé en 2001, notre site FichesdeLectures.com s'est développé très rapidement et propose désormais plus de 2500 documents directement téléchargeables en ligne, devenant ainsi le premier site d'analyses littéraires en ligne de langue française.

FichesdeLecture est partenaire du Ministère de l'Education du Luxembourg depuis 2009.

Plus d'informations sur www.fichesdelecture.com

ISBN: 978-2-511-02870-4

Notes :